KB092303

그리움 한 잔

천준집 시집

삶의 그리움을 시로 노래하는 시인 천준집

문학에 있어서 꽃 중의 꽃이라 할 수 있는 詩를 쓸 수 있다는 것은 정말 큰 행운이다. 인생을 살아가는데 있어서 詩가 얼마나 삶을 풍요롭게 하고 멋지게 하는지 또한 우리가 쓰는 단어 하나에 얼마나 많은 의미가 담겨 있는지 詩를 통해서 알 수 있게 된다.

천준집 시인의 작품을 보면 삶의 진정성이 무엇인지, 또 세상을 어떻게 바라보고 살아야 하는지, 또한 얼마나 가치 있게 가꿀 수 있는지를 보여준다. 시를 통해 누군가를 사랑하고 또 이별하고, 그리워하면서 겪어야 하는 마음, 기쁨과 좌절 등 삶의 무게를 온전히 느낄 수 있고, 순간순간 변하는 감정들을 시인만의 참신성 있는 심상으로 풀어내었다. 시인은 어떻게 이야기를 만들어내야 하는 것에 고민하지 않는 듯 주변의 모든 것이 작품의 소재가 되고 시인의 자유로운 상상력으로 시를 풀어내고 있기 때문에 많은 독자가 공감하면서 고개를 끄덕일 것이다. 하지만 아무리 좋은 책이라도 바쁜 현대인은 어려우면서 이해하기 힘든 책을 쉽게 들지 않는다. 왜냐하면 경쟁이 치열한 삶속에서 지치고 머리가 복잡한 일들이 많기 때문일 것이다.

천준집 시인의 "그리움의 한 잔" 시집은 독자에게 쉽게 다가갈 수 있으며 그 뜻은 생각 할수록 의미가 깊게 다가온다. 때로는 감성적이면서 섬세하고 때로는 강한 어필로 독자의 마음을 울리면서 오랜 여운을 준다. 시인은 '대한문인협회' 이달의 시인으로 선정되기고 하고 다수의 작품이 낭송시로 널리 보급되어져 많은 사랑을 받고 있다.
이제 시인이 빚어 놓은 첫 결과물을 세상에 내어놓게 되었다. 많은 독자의 손에 천준집 시인의 "그리움의 한 잔" 시집이 들려지길 바라면서 봄 향기 가득한 기쁜 마음으로 추천한다.

사단법인 창작문학예술인협의회 이사장 김락호

시인의 말

하늘엔 반짝이는 별들이 있고

땅에는 향기 나는 꽃들이 있지만

내 마음에는 아름다운 詩가 있습니다

한편의 詩가 가슴에 아름답게 스며든다면

무엇을 더 바라겠습니까

詩는 아름다운 것입니다

詩는 마음의 거울입니다

시인 천준집

목차

목차

목차

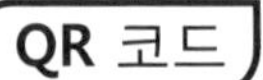

스마트폰으로 **QR** 코드를 스캔하면
시낭송을 감상할 수 있습니다.

제목 : 가을의 어느 날
시낭송 : 박순애

제목 : 나 그렇게
살고 싶습니다
시낭송 : 박영애

제목 : 내게 그런 사랑이
있었습니다
시낭송 : 박순애

제목 : 당신의 하루가
행복했으면 좋겠습니다
시낭송 : 박영애

제목 : 보고 싶은 당신
시낭송 : 최명자

제목 : 새해 기도
시낭송 : 박영애

제목 : 어느 날 내 안에
들어온 당신
시낭송 : 박순애

제목 : 여름 편지
시낭송 : 박영애

제목 : 우리 땅 독도
시낭송 : 박영애

제목 : 이런 만남이면
좋겠습니다
시낭송 : 박영애

제목 : 혼자 길을 간다는 것
시낭송 : 박순애

제목 : 그리움 한 잔
시낭송 : 박순애

시인이 된다는 것

시인이 되는 것은 하얀 종이 위에
그림을 그리는 것과 같고

시인이 되는 것은 향기 없는 꽃에
벌과 나비를 불러 모으는 일이다

시인이 되는 것은 마른 나무에
싹을 틔우는 일이며

시인이 되는 것은 죽은 시체에
생명을 불어넣는 일이다

시인의 길은 고난과 고독의 길이며
나는 지금 그 고독의 길을 걷고 있다

새해 기도

새해에는 이런 마음으로
살아가게 하소서

눈 부신 태양만큼
소망의 밝은 빛으로 온누리를
감싸 안으며 지금껏 부족했던 나를
돌아보고 내가 아는 모든 이에게
따뜻한 정을 나누며 살게 하소서

새해에는
내 안에 모든 것을 덜어내고
용기와 희망을 품고
아름다운 열매를 맺을 수 있는
나무 한 그루를 심게 하소서

새해에는
나보다 더 어려운 이웃을
생각하고 그들에게 줄 수 있는
미덕이 무엇인지 고민하고
따스한 정을 베풀게 하소서

새해에는
꽃과 더 많은 나무를 심어
내 마음에도 향기와 흔들리지 않는
뿌리를 내리게 하소서

새해에는
내 마음속에도
감사와 배려라는 꽃과 나무를 심어
벌과 나비를 머물게 하고
시원한 그늘이 되어 그들의
안식처를 만들게 하소서

새해에는
묵은해를 보내고 새로운
새해를 맞이할 때
부끄럽지 않은 한해를 만들어
내 안에 향기가 넘치게 아름다운
마음을 채워 넣게 하소서

새해에는
지치지 않는 아름다운 마음으로
모든 이들을 끌어안을 수 있도록
넓은 마음을 품겠습니다
또한 수많은 사람들에게
사랑과 행복이란 선물로
보답하게 하소서

새해에는 꼭
이런 마음으로 살아가게 하소서

제목 : 새해 기도
시낭송 : 박영애
스마트폰으로 QR 코드를 스캔하면
시낭송을 감상할 수 있습니다.

사랑한다는 것은

사랑한다는 것은
혼자 사랑한다고 해서
그것을 사랑이라고 말할 수는
없습니다

사랑이라는 것은
둘이 함께 사랑하는 것이 진정한 사랑이요
둘이 하나가 될 때 아름다운
사랑의 꽃이 필 것입니다

만나서 헤어지기 싫어하면 정말 사랑하는 것이요
만나서 웃어주는 것은
그만큼 행복하다는 뜻입니다

둘이 함께하는 시간을
행복해하고
둘이 함께하는 시간을
소중하게 여길 줄 아는
그 마음이 진정 사랑한다는 것입니다

사랑한다는 것은
더 많이 감사할 줄 알고
더 많이 이해하고
슬플 때 함께 슬퍼할 줄 아는 것이
사랑의 진실입니다
눈물 흘릴 때 그 눈물 닦아준다면
정말 사랑하고 있다는 것입니다,

너를 사랑했더니

가을....
너를 사랑했더니
낙엽이 붉게 물들어 가고

가을....
너를 사랑했더니
내 마음에 추억이 한 아름 쌓이고

가을....
너를 사랑했더니
결국 이별이 있더라

그리운 바다

수평선 저 너머
누가 살고 있을까

아득히 밀려오는
그리움 속에

파란 하늘 아래
갈매기 노랫소리

끝없이 밀려오는 파도
그리움이여 밀려오라

잠겨 죽어도 좋으니

외롭다는 것은

비가 내린다
창밖에도 내 마음에도
촉촉한 봄비가 내린다
오늘같이 비가 내리면
누군가 하염없이 그리운 것

비가 오는 날은 어디론가
떠나고 싶다

어딘가 떠나고 싶다는 건
돌이켜 보면 누굴 사랑하고 싶다는
말이다
내가 사랑할 수 있는 사람이
있는 듯한 곳은 어디든 가고 싶다
그곳이 어디든 간에

바람 부는 낯선 골목이나
빗물이 뚝 뚝 떨어지는
낡은 흉가라 할지라도

지금처럼 비가 내리면
빗소리가 너무나 고독해
정처 없이 방황하고 싶은 것

그 길이 외로움을 더 가져다
줄지언정 그냥 떠나고 싶다
외로움 때문에

당신은 소중한 사람

내가 당신에게 소중하듯이
당신은 내게 훨씬 소중한 사람

때론 미워하고
때로는 원망도 하지만

그럴 때마다
알 수 없는 정 하나로
당신은 내게 너무도 소중한 사람

없으면 보고 싶고
곁에 있으면 늘 향기가
나는 사람

내게는 없어서는 안 될
당신은 내게 소중한 사람

홍매화

터질 듯
터질 듯
붉게 피어난 꽃망울
툭 붉어진 가슴에
하얀 그리움
살포시 고개 내민
화려한 꽃심
하염없는
그리움만 툭 터진다

나팔꽃

품어 줄듯
안아 줄듯
가슴 활짝 열고서
외로운 길 떠나는
길손 나그네

줄기줄기
그리움 한 아름 담아놓고

밤이면 외로움에
고개 떨구고
아침이면 활짝 웃음 주는 너
한줄기 사랑으로
피어오르리

연리지 사랑

하얀 눈이 내리던 날
눈을 밟으며 함께 걷자던 희야

스산한 겨울바람이
온몸으로 느껴질 때
두 손 꼭 잡고 예쁜 미소 던지던 너

떠나가는 청춘이 아쉬운 듯
하얀 눈 위에 발자국 남기며

함께 걸어가는 이 길이
행복했노라 여겨본다

혼자 길을 간다는 것

혼자 길을 걸어간다
혼자 길을 가는 것은 누굴 찾는다는 증거요
혼자 길을 가는 것은 그만큼
외롭다는 것이다
목적 없이 방황하는 길은
더더욱 외로울 것이다

혼자 길을 가는 것은 너무나
쓸쓸하기에
때로는 뒤돌아보고
때로는 쉬어가지만
뒤돌아 본다는 것은
더 외롭다는 뜻이다

길을 가다 누군가 마주친다면
분명 그 역시 나처럼 외로울 것이고
외로운 사람끼리 함께 만나서
길을 간다는 건 그다지
외롭지만은 않을 터인데

함께 길을 간다는 것은
함께 눈물을 흘릴 수 있다는
말이다
함께 눈물 흘린다는 건 그만큼
하나가 된다는 것이다

오늘도 혼자 길을 간다
그 외로운 사람을 만나기 위해
길을 걷는다

혼자 길을 간다는 것은
외롭다는 것이다
그 외로운 길을 지금 나는
쓸쓸히 가야만 한다
외로운 발자국을 찾아서

제목 : 혼사 길을 간다는 것
시낭송 : 박순애
스마트폰으로 QR 코드를 스캔하면
시낭송을 감상할 수 있습니다.

보고 싶은 당신

내 마음속에 채워진 당신
그런 당신이 오늘은 눈물 나게
보고 싶습니다

밤새 당신 생각으로
이 밤을 지새우고 뜬 눈으로
새벽을 맞이했어도
그런 당신이 내 마음속에
있다는 것만으로도 나는
행복합니다

문득 그리운 마음에
천정을 쳐다보고
벽을 둘러 보아도 그 어디에도
보이지 않는 당신의 흔적

전화벨 소리에 당신인가
싶어 보니
당신의 흔적은 찾을 길 없고
그리움의 고통만 밀려옵니다

내 마음에 그리움을 남겨놓고
떠난 당신
오늘은 왠지 당신이 가슴 시리게
그립습니다

외로움의 고통으로 몸부림치고
내 가슴에 피멍이 들어
그리움의 상처에 눈물이 흘러도
당신을 만날 수 있다면
이 가슴의 그리움은 참을 수
있습니다

내 가슴 속에 영원한 사랑으로
채워진 당신
내 마음속에 지울 수 없는
당신의 흔적으로 곱게 물들인 당신

오늘 그런 당신이 왠지
미치도록 보고 싶습니다

제목 : 보고 싶은 당신
시낭송 : 최명자
스마트폰으로 QR 코드를 스캔하면
시낭송을 감상할 수 있습니다.

붉은 장미

겹겹이 쌓인 그리움
쳐다보는 시선에 고개 숙인 너

향기 가득 머금은 붉은 장미여
꽃망울 터지던 날 나는 보았지
꽃잎 속에 숨어 있는 너의
비밀을

한 겹 한 겹 벗기니
수줍음에 떨고 있는 붉은 장미
꽃잎 속에 숨어 있는 너의 향기
사랑을 갈망하는
여인의 향기인가

야화

별빛도 숨어버린
어느 뒤 골목 창가

아희야
분홍빛 어스름한 불빛
고운 머릿결 창백한 얼굴
너는 밤에만 피는 야화

아희야
이 밤 누굴 기다리느뇨
찾아올 님 그 누구더냐
새벽이면 바람처럼 사라질
가냘픈 너는
밤에만 피는 어여쁜 야화

아희야
밤이 깊다
가슴엔 눈물
껍데기는 웃어야 할
너는 밤에만 피는 야화

눈이 내리네

당신이 없는 지금
잿빛 하늘에서 이렇게
눈이 내립니다

산에도 들에도 내 마음에도
수줍은 듯 온통 하얗게 수를
놓고 말았습니다

그대가 있는 곳에도
눈이 내리고 있나요

이렇게 펄펄 하얀 눈이
내리는 날에는 그대가
보고 싶고 그리워서
가슴이 아파옵니다

오늘같이 눈이 오는 날은
내 마음이 한없이 외롭고
허전해 눈물이 흐릅니다

이렇게 눈이 내리는 날에는
하얀 눈이 아름다워 이미
내 마음은 그대를
만나러 달려가고 있습니다

보고 싶은 그대를 안아주며
사랑한다 말하고 싶습니다

눈은 내 마음에 그대 향한
그리움의 선물입니다

당신의 하루가 행복했으면 좋겠습니다

아침 햇살 따사로운 창가에 서서
내가 줄 수 있는 아름다운 미소로
당신의 하루가 행복했으면
좋겠습니다

베란다 창문이 열리고
맑은 아침 공기가 불어와 화초의 싱그러움을 전할 때
하루를 맞이하는 당신의 마음이
행복으로 물들면 좋겠습니다

구수한 된장찌개가 내 입맛을 돋우고
진수성찬은 아니더라도
소박하게 차려진 밥상머리에
감사한 마음으로 수저를 들 때
그것을 바라보는 당신이 행복했으면
좋겠습니다

때로는
아파하고 힘든 일도 있겠지만
당신과 내가 아름다운 공간에서
마주 보는 눈빛으로 하루라는
선물에 행복을 느꼈으면
좋겠습니다

피곤함에 지쳐 고단한 삶의 연속일지라도
따뜻한 말 한마디가 당신의 가슴에
스며들어 닫힌 가슴을 녹이고
함께 마시는 차 한 잔에 마음을 열어주는
당신이었으면 좋겠습니다

하루를 살아도 아니 십 년을 살고
백 년을 살아도 처음 만난 그때처럼
아름다운 마음 변하지 않고
늘 설레는 마음뿐이라면 좋겠습니다

가진 것은 없을지언정 내가 가진
따뜻한 마음을 주려 할 때
그것을 감사한 마음으로 받아주고
그것이 당신께 주어진 행복이라
여겼으면 좋겠습니다

혹여 당신이 눈물 흘린다 해도
그것이 슬픈 눈물이 아닌 행복의
눈물이겠거니 여기겠습니다
나 그렇게 당신의 행복을 빌겠습니다

제목 : 당신의 하루가
행복했으면 좋겠습니다
시낭송 : 박영애
스마트폰으로 QR 코드를 스캔하면
시낭송을 감상할 수 있습니다.

그대가 그리울 땐

그대가 그리울 땐
밤하늘에 반짝이는
별들의 숫자보다
더 많게
그대의 이름이 생각나

한낮의 태양보다
더 밝고 밝게
그대의 웃는 얼굴이
내 가슴에 비치고

그대가 그리울 땐
온 땅에 피어나는
꽃들의 숫자보다
더 많게
그대의 이름을 부른다

바다에 넘치는 파도 보다
더 많고 많게
그대 보고픈 마음이
내 가슴에 넘친다...

그대를 닮은 별

은하수 따라
밤은 깊어가고

무심코 올려다본 하늘에
수없이 많은 별

고요 속에 별들은
침묵하고
내 마음은 밤하늘을 감싸 안는다

저기 저 별은 유난히 빛나고
아름다워
그대를 닮은 별

고운 빛을 품고 나에게 웃음 짓는
당신을 닮은 별

구름도 시샘을 하는가
먹빛에 가리워져 보이지 않는 별

그 별은 어디로 갔을까
나의 애간장만 태운다

무인도

쪽빛 바다를
가슴에 품어 안은
작은 섬 무인도
병풍처럼 둘러쳐진 암벽

삭풍에 스치는 빨간 동백
파란 초록빛에 물들고
화려하게 꽃피우다
생을 마감한 동백꽃은
툭 툭 떨어져 붉은 어혈을 토한다

가지 끝에 매달린
열매는 까치가 쪼아리고
말라버린 야생화는
섬을 곱게 물들인다

가끔 불어오는 해풍에
사르륵사르륵 흔들리는
동백 이파리 소리

낭떠러지 바위틈 운무에 가려진
늙은 노송은 위풍당당
무인도의 세월을 가늠하듯

해풍과 들풀 향기는 오늘도
무인도에 휘몰아친다

줄 것이 없네

눈물 짓는 당신께
해 줄 수 있는 것이 없네
이미 내 모든 것 다 주었으므로

외로워하는 당신께 더는
줄 것이 없네
이미 내 마음 다 주었으므로

당신께 줄 것이 없네
이미 내 모든 것 다 주었으므로

떠나가는 당신을 잡을 수 없네
이미 내 모든 것 다 주었으므로

거미 예찬

자신이 가진
독특한 건축법으로
허공에 집을 지어
찢어질 듯
떨어질 듯
곡예 하는 마술사
비가 오면 비에 젖고
바람 불면 바람 부는 대로
흔들리는 기다림 속에
오늘도 점액질로 촘촘한
어망을 드리워
눈 먼 이방인을 낚는
허공의 마술사

꽃길

꽃길을 걷고 싶습니다
내 앞에 펼쳐진 저 꽃길을
걷고 싶습니다

때로는 장대비를 맞아
꽃잎이 상처를 입듯이
오늘은 왠지 내 마음도
그대 향한 그리움으로
상처를 입고 말았습니다

오늘같이 비가 오는 날엔
우산을 버리고 꽃길을 걷고
싶습니다
외로움이 깃든 상처를 빗물에
흘려보내고
그리움의 흔적도 빗물로
씻어버려 당신이란 사람과
내 앞에 펼쳐진 이 꽃길을
마냥 걷고 싶습니다

외로움에 지친 나를 기다린 듯
이 길에 꽃이 가득 피어
꽃잎도 비를 맞아 외로움을
머금고
내 마음도 비를 맞아 그리움을
머금었습니다

눈 앞에 펼쳐진 이 꽃길을
그대와 함께 걷고 싶습니다
비가 오면 비가 오는 대로
폭우가 쏟아지면 폭우가 오는 만큼
젖고 또 젖어 그렇게 서로가
그리운 상처를 씻어 내리며
꽃길을 걷고 싶습니다

아~~~
이 길은 당신과 나만을 위해
꽃이 피었나 봅니다
꽃길의 향기와 당신 생각으로
벌과 나비도 그 마음을 아는 듯
마중 나온 이 길에 꽃이 피었습니다
그대와 함께 이 꽃길을 걷고 또
걷고 싶습니다

봄비와 외로움

비가 내리는군요
이렇게 봄비가 내리는 날이면
마음 한구석 담아 두었던
그대 생각에 외로움이
밀려옵니다

화사한 꽃잎이
빗방울에 떨어져
그 생명을 다한 것처럼
그대와의 거리가
차츰 멀어져 그 마음을
알기라도 한 듯 외로움에
봄비만 내립니다

진한 그 감동의 꽃잎 향기는
또다시 일 년을 기다려야
찾아오듯
당신과의 열정은 언제쯤
되돌아올까
아련한 당신 생각에
봄비만 하염없이 내립니다

가슴에 내리는 겨울비

반짝이던 별마저 구름에
숨어버린 오늘 텅 빈 마음 어쩔 줄 몰라
내 가슴에도 차가운 겨울비가
내립니다

어느 날인가 당신을 향한 그리움
한 조각 겨울비가 되어 오늘 이렇게
내 가슴 한쪽에 차갑게 흘러
내리는가 봅니다

하늘의 눈물인가
보고픈 당신의 눈물인가
답답한 가슴에 겨울비가 내려
아프도록 눈물이 흐릅니다

가슴에 내리는 겨울비
그 비를 닦아줄 누군가가 없기에
오늘 이 밤이 더 아프고 외롭습니다

비와 외로움

비가 오는 날은
누구나 외롭다

눈을 좋아하는 내가
이렇게 외로운데

비를 좋아하는 넌
오죽하겠니

이걸 어쩌지

심장이 뛴다

그대 고운 눈빛에
심장이 뛴다

그대의 영롱한 향기에
심장이 두근두근

그 예쁜 미소에
내 마음이 흔들리고
말았네

이걸 어쩌지

바람에 꽃잎처럼
흔들리고 말았어

아 이걸 어찌할까

그대가 내 마음을 흔들고
말았으니

내 몸속엔 이런 것들이 살고 있다

내 몸속 어딘가 간사하고 추악함이
살고 있다
그것도 모자라 악취를 풍기며
허우적거리고 썩은 냄새가 진동한다

내 몸속엔 꽃 같은 향기가 숨을 쉰다
온화한 향은 그 깊이를 알 수 없으나
다만 그 정원에서 나오는 향기로
추악함을 덮고 간사함을 가릴 수 있다는 것
그 속에서
감사도 심고
배려도 심고
미덕도 심을 수 있다는 것

내 몸속엔 암 덩어리들이 살고 있다
나를 말살시키려는 어두운 그림자들
그들은 늘 나를 지배하기 위해
언제나 표독스런 몸짓으로 나를 짓누른다

내 몸속엔 양심이란 친구가 살고 있다
그래도 다행히 아닌가
그마저 없다면 난 분명 나쁜 놈이
될 테니까

가을 남자

눈 부신 햇살이
은행나무 가로수 사이로 쏟아지면
나는 가을을 맞으며 은행나무
숲길을 걷는다

노란 낙엽 하나가 내 어깨 위에
떨어지면
나는 가을 남자가 되어
은행잎 속에 머문다

소담한 미소로 날 반겨주는
은행나무 숲길
닫혔던 내 가슴이 열리고
어느새 난 가을 속으로 걷고 있다

행복한 밥상

달그락달그락 밥 짓는 소리
사각의 식탁엔 정성이 듬뿍
김이 모락모락 시원한 국물 맛
아삭아삭 씹히는 달콤한 맛
굽고 자글자글 볶아내는 매운맛
오늘도 정성스런 아내의 손맛에
사르륵사르륵
식탁 위에 행복의 꽃이 피었다

인생

인생살이 모두가 굴곡입니다
잠시 왔다 쉬어가는 인생

어둡고 긴 동굴을 지나면 빛을 볼 수 있는
세상을 만납니다

인생은 다 그런 것입니다
하나를 얻으면 다른 하나를 내놓아야
한다는 게 세상 사는 이치지요

덕을 쌓으면 덕을 취하고
악을 품으면 그 비수가 내게 온다는 것도
세상 사는 진리지요

선행은 선행을 낳고
악은 악을 낳는다는 것

살아보면 알 것을
내가 행하고 비워야 할 수행입니다

행복이란 슬픔이란 사랑이란

행복이란
내가 갖고 싶다고 가질 수 있는 것이 아니라는 것

행복이란
작은 것에 만족하지 못하고 더 큰 것을
바란다면 그것은 불행을 자초하는 것

행복이란
내가 갖는 행복보다 남이 갖는 행복이
더 소중하다고 느낄 때
진정한 행복을 느낄 수 있는 것

행복이란 그런 것
말없이 왔다가 말없이 간다는 것

슬픔이란

슬픔이란
누구나 일생에 한 번은 넘어야 할 장애물이란 것

슬픔이란
누구나 느낄 수 있는 감정이지만
긴 여운이 남지 않고 오래 머무르지 않는다는 것

슬픔이란
내가 겪는 슬픔보다 남이 겪는 슬픔을
더 아파하고 위로해야 한다는 것

슬픔이란 그런 것
어느 날 왔다가 어느 날 사라진다는 것

사랑이란

사랑이란
내 모든 것 다 주어도 아깝지 아니하고

사랑이란
주어도 모자란 것 같아 미안하고

사랑이란
보고 있어도 보고 싶고 만질 수는 없는 것

사랑이란
향기가 있지만, 가시가 있어 품을 수는 없는 것

사랑이란 그런 것
올 때도 말없이 갈 때도 말없이 간다는 것

첫눈

눈이 내리네
하늘에서 별이 쏟아지듯
기분 좋은 설렘이 내려와
어느새 가을 낙엽도 덮고
가을의 흔적을 하얀 옷으로 입힌다
무심코 올려다본 하늘에서
하얀 별이 내려와
오만했던 내 마음을 녹이고
눈물이 그 눈물이 되어
가슴에 흐른다

쓰레기

한평생 사랑 한 번 받지 못하고
죄인처럼 살아야 할 운명
아,
구겨지고
밟혀
버려지는
그 서러움을
그대는 아는가,
오늘도 누군가에 잡혀
짓눌리고 밟히겠지

살다 보니

살다 보니
마냥 행복하고
즐겁기만 한 줄 알았어
아니더라
슬프고 눈물 흘릴 일도
있더이다

살다 보니
선하고 아름답게 살고 싶지만
악행이 유혹할 때도 있더이다

살다 보니
숨이 막히는 열대야만 있는 줄 알았어
아니더라
가슴을 찌르는 찬바람도 있고
꽃이 피는 봄도 오더이다

살다 보니 그렇더이다
당신의 마음을 알 것 같으면서도
알 수 없는 게 당신의 마음이더라

살다 보니
그렇더이다
쥐뿔도 없으면서
때로는 있는 척 해야 할 때가 있고
무식하면서
아는 척 해야 할 때가
있더이다

살아 보니
나도 그럴 때가
있더이다

커피향기

커피 너의 향기가
내 몸속에 번지고 있어
지금쯤 너도 나의 온기를
느끼고 있겠지

가을 그리고 그리움

갈 바람은 나를 스치고
나뭇잎마저 흔들어 놓을 때
떨어지는 낙엽 한 잎에
그리움 쌓이고

뒹구는 낙엽을 보며 하늘을
쳐다보지만
떠나는 가을을 잡을 수 없어
내 마음에도 차곡차곡
낙엽을 담아 봅니다

나뭇잎 이불은 가을을 덮고
한 잎
한 잎
쌓여가는 낙엽들
내 가슴에도
가을의 흔적들이 물들어
가슴 한쪽에 당신을 향한
그리움의 집을 지어 봅니다

나도 신선이다

깊은 심연의 계곡을 지나
바스락거리는 낙엽을 밟고
깎아지른 절벽에 홀로 서니
발아래 풍경들이 내 것이로다

붉은 단풍잎에 취하고
마주 본 구름에 눈을 맞추니
神仙이 별것이더냐
나 또한 神仙이 아니더냐

마지막 잎새

가을이 떠나간다
바람 한 점 휘몰아치면
떨어지는 마지막 잎새에
고독을 덧칠해본다

초대

제가 초대한다면
오시겠습니까
당신의 텅 빈 마음을
붉고 예쁜 단풍잎으로
채워드리기 위해
당신을 가을 산으로
초대합니다

듣고 싶은 말

당신에게
꼭 !
듣고 싶은 말이 있습니다
그것은
"사랑한다"
"보고 싶다"
그런 어려운 말이 아닙니다
그냥!
좋아한다, 그 한마디면
될 것을,

가을의 어느 날

들판엔 황금 물결로 넘쳐흐르고
예쁜 단풍잎은 겨울을 맞이할
채비를 다 하여 울긋불긋 화려한
옷을 입고 말았습니다

계절의 위대한 변화는
신이 주는 최고의 선물이라
나는 오늘 바스락거리는 낙엽을 밟으며
가을을 느끼고 싶습니다

떨어지는 저 낙엽은
내게 그리움이란 선물을 안겨주고
가을은 그렇게 내 가슴속에
스며들고 있습니다

이것 또한 지나가겠지
낙엽을 밟으며 그리움을 느끼고
외롭다는 생각으로
뒹구는 낙엽과 함께
어느 날 어느 순간
내 곁에서 맴도는 그리움이란
친구와 가을 친구가 되어봅니다

꽃은 지고 낙엽이 곱게 물든
가을의 품속으로 내 마음을 던지며
높은 하늘 뭉게구름에 이 몸 실어
찬바람이 불기 전에 가을을
맘껏 느끼고 싶습니다

낙엽이 하나둘 흩날리는 공원 벤치에
나는 알 수 없는 외로움과 고독을 느끼며
이 자리에 그리움의 꼬리표를 달고
그냥 말없이 앉아 가을을 느끼고 있습니다

제목 : 가을의 어느 날
시낭송 : 박순애
스마트폰으로 QR 코드를 스캔하면
시낭송을 감상할 수 있습니다.

가을은

가을 참 예쁘다
가을이면 누군가 보고 싶고
가을이면 어딘가 떠나고 싶고
가을이면 누군가와 사랑에 빠지고 싶고
가을은 낭만의 계절
옆에 있어도 왠지 쓸쓸하고
옆에 없어도 너무 쓸쓸하고
누군가 막연하게 기다리는
누군가 막연하게 보고 싶은
그런 계절입니다
가을엔 누군가에게
훅 빠지고 싶고
아!!
가을 참 예쁘다

코스모스

한 줄기 바람은
가냘픈 나를 흔들고 말았지요
온몸으로 받아야만 했던
그대 사랑에 힘겨워
눈물 한 줌 흘립니다

지난 밤 나의 몸을 적시던
이슬 한 방울마저도 떠나버린
새벽 아침에 외로움이란 이름으로
고개 떨구어야만 했지요

흔들리지 않으려고
몸부림쳐보고
안간힘을 쏟았지만
그대의 사랑 앞에 포로가 되어
흔들리고 말았습니다

이런 만남이면 좋겠습니다

생각만 해도 가슴 설레고
행복하면서 얼굴 가득 미소가 어리는
당신과 나의 만남이면 좋겠습니다.

장미꽃처럼
정열적인 사랑은 아니더라도
안개꽃처럼 은은하게 풍기는
언제나 지치지 않는
그런 만남이면 좋겠습니다.

돌아보아도 언제나 그 자리에
서 있는 변함없는 바위처럼
늘 당신이 있었으면 좋겠습니다.

내가 누군가 필요로 할 때
나를 위로해줄 수 있는 사람
당신이 쓸쓸해 할 때
당신의 마음 안에 가득히 채워지는
그런 만남이 되고 싶습니다

세월이 변하고
또한 우리의 모습이 변한다 해도
우리의 흔적들이 마음속에
잊혀지지 않고 아름다운
추억으로 남아 있는 한
그대와 나와의 만남은 아름다울 것입니다

서로가 배려하는 마음으로
누가 되지 않는 만남으로
뒤돌아서도 언제나 아름다운
여운이 남는 그런 만남이면 좋겠습니다

언제나 한결같은 마음으로
때로는 사랑하는 연인처럼
우리의 만남엔 상처가 남지 않고
눈물이 없는 그런 만남이었으면 좋겠습니다
그대와 나의 아름다운 인연을
위해서 말입니다

제목 : 이런 만남이면 좋겠습니다
시낭송 : 박영애
스마트폰으로 QR 코드를 스캔하면
시낭송을 감상할 수 있습니다.

파도

외로움으로 밀려와
머물지 못하고
말없이 떠나야만 하는
그대는 파도인가요

그리움으로 밀려와
상처만 남기고
소리 없이 떠나야 하는
그대는 파도인가요

하얀 물거품처럼 퍼지는
내 안의 그리움은
그대 향한 그리움인 것을

사랑하기 때문에

사랑하기 때문에
보고 싶은 것이고
사랑하기 때문에
갖고 싶은 것입니다

사랑하기 때문에
행복한 것이고
사랑하기 때문에
그리운 것입니다

내 가슴이 뜨거운 것은
그대를
사랑하기 때문에
그런 것이고

내 가슴이 외로운 것도
그대를
사랑하기 때문에
그런 것입니다

사랑하기 때문에
고마움을 느끼고
사랑하기 때문에
눈물도 흘리는 것입니다

그리운 그대

눈에 보이지 않아 그리운 그대는
내 앞에 머물러도 그리운 그대

멀리 있어도 그리운 그대는
가까이 있어도 그리운 그대

흔적을 기다리고
전화를 기다리고
숨소리를 기다려 보지만

오늘도
내 그리움을 다 전할 수 없어
가슴만 애태웁니다

한가위 보름달

구름 사이로
배시시 고개 내민 얼굴

날 보러 오신 듯
미소 짓는 당신

수줍은 듯
다가오지 못해
구름 속에 살짝 가려진 건

아마도
나 보기가 수줍었을까

나 또한 너 보기 수줍어
가로등 뒤편에서 몰래 훔쳐
보고 말았지!

코스모스(2)

가을 길에 줄지어 피어난
코스모스 꽃길에
그리움 한 가닥 안고
당신 흔적 찾아 꽃길을
걷고 있습니다

석양빛은 하늘에 걸리고
그리움은 나를 삼키지만
저녁노을 뒤편에 가려져
당신의 흔적 보이지 않고
코스모스 꽃잎만 서러워
흔들립니다

당신을 향한 그리움은
꽃밭에 흩어지고
당신의 흔적은 찾을 수 없기에
내 마음이 흔들리듯
꽃잎만 흔들립니다,

그래도 여름을 사랑하자

열대야가 잠을 깨우고
모기가 살갗을 헤집지만
그래도 여름을 사랑하자

여름이 없다면 겨울이 있다든가
껴입고 또 껴입어도 가슴까지
파고드는 찬바람
겨울엔 그렇게 여름이
그립지 않든가
그러니 여름을 사랑하자

사랑하는 사람에게
미소만 보이고 행복만
줄 수 있는가
그것이 가을이라면
사랑하는 사람에게
때로는 눈물도 주고
때로는 이별도 주지 않든가

떠나는 사람에게 아쉬워
하지 말고
떠나는 계절에 미련을 두지 말자
그러니 순리대로 찾아오는
여름을 사랑하자
미치도록 사랑하자

그대는 떠났습니다

별이 지고 어둠이 내려
슬픔으로 채워지던 날
그대는 떠났습니다

바람인 줄 알았습니다
떨어지는 빗물에도
상처를 안으며 한세상
향기로 피어난 그대는
내 곁을 떠났습니다

향기 잃은 자태는
이별이란 흔적을 남기고
누군가의 발자국에
짓눌려 진자리에서
눈물을 흘려야만 했지요

늘 그렇게 향기로 다가와
미소를 지어주던 그대가
그 목숨 다하여 떨어지던 날
바람은 내 가슴을 스치며
그 흔적은 기억 속에
던져놓고 말았지요

또다시 그가 돌아올
이 꽃 진자리에서
환한 미소로 향기 가득 머금고
그대가 오시길
손꼽아 기다리고 있겠습니다

생명을 다해 떨어진 능소화를 보며

내 가슴에 숨어있는 사람

내 가슴에 숨어 있는 당신을
사랑하고 있습니다
사랑하는 당신을 위하여
꽃이 피는 아름다운 꽃밭에서
예쁜 당신의 손을 잡고
사랑한다고 속삭이고 싶습니다

마음이 우울한 날에는
슬픈 비가 되어 당신의
가슴에 스미고
마음이 고독한 날에는
따스한 마음으로 다가가
당신의 손을 잡아 주고 싶습니다

내 생에 단 한 사람인 당신을
이 한목숨 다하도록 지켜가며
내 목숨 다하여 숨을 거두는 날
당신을 사랑하며 살만했다고
당신에게 고백하고 싶습니다

찬바람이 부는 겨울이 지나
아름다운 꽃이 피는 날이면
꽃과 함께 당신을 그렇게 사랑하고 싶습니다
가녀린 당신의 손을 잡고
이 세상에서 가장 빛나고 향기 나는
그런 사랑을 하고 싶습니다

별의 아름다움을 보고
달빛의 은은함을 품으면서
당신이란 사람 혼자만을
내 가슴에 꼭꼭 숨기며
살고 싶습니다

봄 햇살이 따사롭고 아름다운 꽃이
피어날 때 당신과 함께
행복을 만들고 싶습니다
가슴이 따뜻한 당신을 품고
이 세상에서 가장 아름다운
사랑을 나누고 싶습니다

어둡고 긴 터널이 우리 앞에
가로놓일지라도
당신과 하나 되어 아름다운
여정이라 여기며 지나가겠습니다
이 세상 모두 태워도 부족한
그런 뜨거운 사랑을 만들고 싶습니다
이 청춘이 다 가기 전에 말입니다

울릉도의 봄

졸졸졸 개울가 얼음 밑에
맑은 물 흐르고
겨우내 얼어붙은 얼음
녹고 또 녹아 눈이 부셔
봄이 흐른다

세상의 밝은 빛 볼까나
낙엽 속에 살포시 고개 내민 곤달비
눈 속을 헤집고 나온 명이나물
뾰족뾰족 싹을 틔우고
아낙네의 예리한 칼날에
싹둑 베이고 뜯겨져 보자기에
채워진다

여기저기 들려오는
산나물의 비명
섬은 봄을 삼킨다
싱그러움 가득한 초록의 섬
겨울옷을 벗고 봄이 흐른다

내게 그런 사랑이 있었습니다

생각하면 마음 설레고 그리움 한 줌
가져다주는 그런 사랑이 있었습니다
비 오는 날 비를 맞으면서도
우연을 핑계로 같은 우산을
쓰고 싶은 그런 사랑이 있었습니다

좋아한다는 말보다
손을 잡아 보고 싶었고
사랑한다는 말 대신
안아주고 싶었던
내가 바보같이 다가가고 싶어도
다가갈 수 없었기에 더더욱
가슴 저미게 하는 그런 사랑이
있었습니다

마음속에 숨겨두고 누구에게
들킬세라 그리움 꾹꾹 눌러 담고
그대 생각하고플 때 몰래 꺼내보는
그런 사랑이 내게 있었습니다

그리움 한 아름 가슴에 담아두고
사랑한다는 말을 몇 번이나 내뱉고
싶었지만
결국은 말하지 못하고
목구멍으로 삼켜야 했던 그런 사랑이
내게 있었습니다

그대 이름 되뇌이다 까맣게 밤을
지새우고 사랑한다는 말을
꺼내지도 못하면서 사랑한다는
말을 한 것처럼 착각을 일으켜
그대 이름 부르다 내가 내게 놀라
비명처럼 다가온 그런 사랑이 있었습니다

혼자라는 사실이 너무나 외로웠고
혼자라는 사실에 가슴 아파하며
혼자 덩그렇게 남아있는 나 자신이
너무나 초라해 그대에게 가까이
다가가고 싶어도 결국은 먼 발치에서
맴돌 뿐 말 한마디 못하고
쓸쓸히 돌아서야만 했던
그런 사랑이 내게 있었습니다

그리움에 서서히 무너지고
사랑하면서도 사랑한다는 말 한마디
하지 못했던 그런 사랑이 내게
있었습니다

내가 내 그리움을 감당하지 못할
그런 사랑이 내 가슴 한쪽에 덩그렇게
자리하고 있어
결국은 그대 때문에 가슴 아프고
눈물 흘려야만 했던 그런 사랑이
내게 있었습니다

제목 : 내게 그런 사랑이 있었습니다
시낭송 : 박순애
스마트폰으로 QR 코드를 스캔하면
시낭송을 감상할 수 있습니다.

꿈의 무대

고통과 땀으로
4년을 기다려온 세월
어두운 터널을 지나
금맥이 보이는 그곳으로

꿈이여!
희망이여!
솟아라!

젊음은 끝없는 용트림에
활활 불타오르라

땀과 고통은
금의환향(錦衣還鄕)하고
용기와 도전은
역사에 남을지어다

함성과 열정이 있는 그곳으로
떠나자
젊음아 일어나라
그리고 깨어나라
50억 인구가 지켜보노라

브라질 리우 올림픽을 보며

나 그렇게 살고 싶습니다

당신과 함께 하는
인생의 동반 여정에
믿음과 진실을 당연히 건네야 한다 느끼며
조금이라도 당신에게 감사하는
그런 사람으로 살고 싶습니다

눈이 내리는 날엔 눈을 막아주고
바람 부는 날엔 행여나 찬바람이
여밀까 옷깃을 세워주는
그런 사람으로 살고 싶습니다

외롭다고 느껴질 때 당신에게
한잔의 따뜻한 커피가 되어주고
비가 오는 날엔 당신에게
우산이 되어주는 그런 사람으로
살고 싶습니다

낙엽 지는 날 혹여 외로울까
팔짱 끼고 걸으며
뒹구는 낙엽을 보며 당신에게
아름다운 시 한 편 읽어주는
그런 사람으로 살고 싶습니다

뜨거운 여름날엔 시원한 소나기로
추운 겨울 당신에게 따뜻한
이불이 되어주는 그런 사람으로
살고 싶습니다

당신이 힘들고 지칠 때
기댈 수 있는 어깨가 되어주고
혹여 외롭고 그리울 때
안아줄 수 있는 넓은 가슴으로
나 그렇게 살고 싶습니다

내 진정 당신에게 사랑과
행복만을 채워주고 영원히
당신 한 사람만 보듬고 사랑하는
그런 사람으로 살고 싶습니다
진정 그렇게 살고 싶습니다

제목 : 나 그렇게 살고 싶습니다
시낭송 : 박영애
스마트폰으로 QR 코드를 스캔하면
시낭송을 감상할 수 있습니다.

그리움 한 잔

소나기가 쏟아지고
베란다 창가에 흘러내리는
빗방울을 보며
한 잔의 커피에 그리움을
담아 마셔 봅니다.

한 잔 가득한 그리움에
은은한 향기가 온몸에 닿을 때쯤
그대의 향기가 퍼져
더욱 그리움이 짙어집니다

커피잔 속에 그대가 보이고
한 잔의 커피 속의 그리움이 담겨져
그리움의 커피는 나를 슬프게 합니다

가슴 깊이 쌓아 두었던
그대의 향기도
가슴 깊이 묶어 두었던
그대의 사랑도
빗물에 실어서
그리운 그대에게 흘려보내고 싶습니다

커피 한 잔으로 느껴지는
그대 향한 그리움을
한 잔의 커피에 타서 마시는 오늘이
그대 향한 그리움인 것을,

제목 : 그리움 한 잔
시낭송 : 박순애
스마트폰으로 QR 코드를 스캔하면
시낭송을 감상할 수 있습니다.

여름 편지

아스팔트가 뜨거운 열기를 토하고
더위를 피해 산으로 바다로
꼬리에 꼬리를 물던 자동차의 행렬도
모두 지나가 버린 한여름 밤의
추억이 되었으면 좋겠습니다

가마솥처럼 이글거리던 태양도
지나가던 먹구름이 토해내던
소나기도
이제 지난 추억으로 삼키며
뜨거운 입김과 더운 감성을
뒤집어쓴 아름다운 노을마저도
나를 외면한 체 한 가닥 양심도 없이
밤마다 숨이 막혀 죽을 것 같은
그 잔인한 여름도 생명을 다한 듯
밤바다에 걸려 마지막 안간힘을
쏟아붓고 있습니다

또 반년을 훨씬 지나 가버린
반환점에서
때로는 젖은 몸으로
때로는 뜨거운 몸으로
그 계절을 보내야만 했고
내 몸을 포옹하며 지나가는 소나기에
흠뻑 젖어버린 이 마음을
이제 볕 좋은 가을에 말려야겠기에
나의 온몸을 발가벗고
땀 냄새도 말리고
젖은 옷도 말리고
젖은 가슴도 말리며
내게로 다가온 여름을
사랑해야만 했습니다

사랑과 행복만을 새겨두고
내 앞에 다가오는 가을에
7월의 편지를 접어두고
여름 편지를 펼쳐보겠습니다
그렇게 가을은 가까이 다가와
매미 소리는 가을을 재촉하건만
아직도 내 마음은 여름의 문턱에
걸려 가을을 넘지 못하고 있습니다,

제목 : 여름 편지
시낭송 : 박영애
스마트폰으로 QR 코드를 스캔하면
시낭송을 감상할 수 있습니다.

어느 날 내 안에 들어온 당신

어느 날 내 안에 들어온
한 사람이 있었습니다
이유가 무엇인지는 모르겠지만
까닭도 없이 설레는 마음으로
그 사람의 모든 것이 좋아서
내가 무엇을 하든 간에
늘 머릿속에서 떠나지 않는
그런 사람이 있습니다

어느 날 내 눈 속에 들어온
한 사람이 있습니다
그 사람을 보고 있노라면
내 심장은 떨려 작은 파문을
일으키며 숨이 막힐 것 같은
고통 속에 그대의 포로가 되어
아침 이슬처럼 내 마음을 뺏어버린
그런 사람이 있습니다

어느 날 내가 문득 기다리는
한 사람이 있습니다
그 사람은 언제나 내 마음을
설레게 해주며 길을 가거나
커피를 마실 때도 내 마음속에
자리하고 있어 늘 그림자 같은 사람이며
그 사람으로 인해 하얀 종이를 펼쳐
시를 쓰거나 편지를 쓰게끔
내 마음을 움직이는 그런 사람이 있습니다

내가 가까이 다가가고 싶어도
가까이 갈 수 없는
가깝고도 먼 곳에 있는 마음 먼
사람이 있습니다
앞에만 서면 너무나 작아져
숨이 멎을 것 같은 그대가
어느 날부터 내 마음에 들어오기
시작을 했고 그럴 때마다
바람에 코스모스가 흔들리듯
내가 그대 앞에 너무나 맥없이
흔들려버린 그런 사람이 있습니다

매일 그대만 생각하게 되며
매일 그대만 그리워하게 되고
내가 미치도록 그리워하는 당신
오늘도 그대의 흔적을 뒤지고
찾을 수 없는 그대의 흔적에
눈물 흘려야만 했던
이런 내 마음을 그대는 헤아리지
못하겠지만
나를 눈물 나게 하는 사람 그 사람은
바로!
내 마음에 들어온 당신입니다.

제목 : 어느 날 내 안에 들어온 당신
시낭송 : 박순애
스마트폰으로 QR 코드를 스캔하면
시낭송을 감상할 수 있습니다.

어떤 인연

아름다운 인연은
내 마음에 소리 없이 다가와
행복을 채워 주고
기쁨도 채워 주고
설렘도 채워 주더라

불꽃축제

캄캄한 밤하늘
정적이 흐르는 밤
허공을 헤가르고 꿈이 솟구쳐
천지를 진동하는 꿈의 향연

들리는가
저 함성들
도시가 숨을 쉰다
자욱한 화약 연기
화려한 불꽃이 춤을 추고

저기 저 불꽃은 사랑의 불꽃,
저기 저 불꽃은 희망의 불꽃,
저기 저 불꽃은 행복의 불꽃,

어머!
저기 좀 봐!
하늘에서 꽃비가
내리는 것 같아

아니야!
저건 행복 비야,

그래 맞아,
저건 사랑의 불꽃이야!

포항 국제 불빛 축제에서

내 마음도 젖더라 (한 줄 시)

빗물에 젖는 건 꽃잎뿐 아니라 때로는 내 마음도 젖더라,

코스모스 (한 줄 시)

하늘엔 무지개
들판엔 코스모스
누가 더 화려할까
난 향기 품은 꽃이 좋아

7월 편지

나와 함께했던 7월을 이제
보내려 합니다
무더위가 극성을 부리고
모기가 활개를 치던
7월을 조용히 보내려 합니다

일 년의 절반을 넘어선 7월에는
마음 아픈 일도 있었고
가슴 아픈 일도 있었지만
그래도 내게 온 7월이
행복했다고 말하고 싶습니다

열대야와 끈적거림으로
힘든 하루하루를 보냈지만
선풍기의 날갯짓이 좋았고
그때마다 추운 겨울을 생각하며
내게 온 7월을 사랑했습니다

별을 볼 수 있는 날이
겨울보다 많았고
별을 보며 당신 생각을 가질 수
있던 시간도 많아
내게 온 7월은 어느 달 보다
행복했었습니다

이제는 6월을 묶어두고
7월을 보냅니다
내 안에 품어 두었던
뜨거운 사랑을 모두 가슴에
새겨두고 8월을 맞이하며
행복했던 7월을 이제 조용히
보냅니다,

미덕

욕심을 버리는 자 미덕을 채울 것이요,
욕심을 탐하는 자 불행을 채울 것이로다,

담배 한 개비

은은한 불빛 아래
사각의 탁자에서
고독하고 외로운 공간

남은 한 개비의 담배에서
하이얀 연기를 뿜어낸다
휴~
연기가 절규하는 한탄과 한숨

혼자만의 무섭고 고독한 외로움에
술 한 잔과 담배 한 개비로
텅 빈 마음을 채워본다

입맞춤으로 음미해보는 너는
내 인생 최고의 벗이로구나,

하늘로 간 벗에게

친구야 !

너에게 오늘 편지 한 장을 쓴다,
자네가 하늘로 막 떠나던 날
난 뜨거운 눈물을 쏟고 말았지,
자네의 이름을 애타게 불러
보았건만
대답 없는 너는 내 가슴에 굵은
대못을 박고 말았어

자네가 계신 그곳은
어떤 곳인가?
장미꽃이 만발한 꽃밭인가
아니면
얼음 빙벽이 둘러쳐진 차가운
곳인가
아무리 눈물을 삼키려 해도
자꾸만 눈물이 나는걸
어쩌란 말인가

행복하자는 그때 그 말
아름다운 꿈을 품자는 그 약속
지킬 수 없는 현실 앞에서
차리리 눈을 감는다
이젠 모두 버리고
흙으로 채워져야 하는가
어둡고 습한 곳이지만
그래도 견딜만하다고
소식이나 한번 주구려

보고 싶은 내 벗들에게
꿈에서라도
얼굴 한번 보게 해주구려
그리운 벗들에게
날 기다리지 말라고
안부나 한번 주구려
나도 언젠가 찾아갈 터인데
내 쉴 곳 한 평 정도는 마련해 주구려
보고 싶은 친구야,

내가 사는 이유

내가 사는 이유는 당신을
사랑해주기 위함이고

내가 사는 진짜 이유는
당신을 행복하게 해주기
위함이지

이발하던 날

쓱쓱 찰칵 쓱쓱 찰칵
가위질에 차라리 눈을 감는다

억겁의 지친 심신
깊어진 주름 흰 서릿발

쓱쓱 찰칵

주마등처럼 흘러가는
세월의 흔적들

쓱쓱 찰칵

툭 툭 떨어지는 하얀 서릿발
뭔지 모를 고뇌를 느끼며

쓱쓱 찰칵

가벼워진 머리에
찾아오는 편안함

다 되었습니다, 손님

그 한마디에 눈을 뜨고
마음에 평온을 찾는다,

여자의 마음

여자의 마음은 꽃잎 같아서
스치면 상처가 남고
돌보지 않으면 시들어버린다

여자의 마음은 나비와 같아서
꽃밭이 없으면 머물지 못하고
꽃잎이 시들면 떠나버린다

눈물

그대가 그리워
눈물이 흐릅니다

뚝
뚝
뚝

그대가 보고 싶어
눈물이 납니다

자꾸만

뚝
뚝
뚝

7월에는

일 년의 절반인 6월이
아쉽다는 인사를 건네며
그래도 5월보다는
6월이 좋았다고
말하고 싶습니다

삼복더위가 기다리고 있는
7월이 손짓을 하며
뜨거운 태양이 작열하는
7월이 나를 품고 말았습니다

7월에는 바닷가도 가보고
계곡도 찾아가
좋은 사람과 함께 도란도란
겨울을 나누며 더위를 쫓아보겠습니다

7월에는 6월에 해 보지 못했던
뜨거운 사랑도 해 보고 지인에게
안부도 전하고 싶습니다

그러고 보니 6월보다
7월에 할 일이 더 많아
행복한 마음 가득합니다

7월에는 내가 알고 있는
모든 사람에게
아이스크림 같은 달콤하고
시원한 사랑을 드리고
7월에는
그대를 더 사랑하겠습니다.

나만 그런 줄 알았습니다

꽃을 보고 꽃이 예쁘다는
생각보다 그대 얼굴 그리는 마음
나만 그런 줄 알았습니다

창밖에 빗소리 들리고
바람 소리 요란할 때
밀려오는 외로운 고독
나만 그런 줄 알았습니다

잠 못 드는 밤 뒤척이다
옆자리가 허전해 외롭다는 생각
나만 그런 줄 알았습니다

삶의 무게에 짓눌려 술 한 잔에
시름을 달래는 마음
나만 그런 줄 알았습니다

음악 한 곡에 상념에 잠겨
문득 외로움을 느끼는 마음
나만 그런 줄 알았습니다

낙엽 지는 날 낙엽 밟으며 길을 걸을 때
누군가 그리운 생각이 간절할 때
나만 그런 줄 알았습니다

공원 벤치에 앉아 떨어지는
낙엽을 보며 시 한 편 쓰고 싶다는 생각
나만 그런 줄 알았습니다

커피숍 창가에 앉아 커피 한 모금
들이키며 쓸쓸하다 외롭다 느끼는 기분
나만 그런 줄 알았습니다

당신도 그런 마음이 있는 줄
꿈에도 몰랐습니다

우리 땅 독도

망망대해(茫茫大海)를 지나
수평선 위에 보이는 검은 점 하나
가까이 다가가 맞이한 독도는
외로움을 품은 웅장한
섬이더라

동쪽의 찬란한 여명과 함께
기지개를 켜는 독도여
북쪽으로 울릉도가
벗이 되어 안아주고
서쪽으로 대한민국이 품고 있음에
그 누가 이 영토를 침략할 수 있으랴

태고의 신비를 간직한 독도여!
미리 다녀간 발자국과
섬을 지키다 먼저 가신 영령들이여

들풀 한 송이
깨어진 바위 한 조각마저
우리의 심장일 터
어느 누가 이 섬을 넘볼 수 있으랴
긴 긴 세월 홀로선 독도는
발자국을 부른다

괭이갈매기의 천국(天國)
침묵하는 독도는 심장을 부른다

외로움에 지쳐 산산이 부서지는
파도 소리만 철렁일 뿐
독도는 말이 없다

한이 서린 괭이갈매기의
울음소리뿐!

제목 : 우리 땅 독도
시낭송 : 박영애
스마트폰으로 QR 코드를 스캔하면
시낭송을 감상할 수 있습니다.

눈물 젖은 편지

사랑한다는 말을 쓰다가 지우고
그립다는 말 대신
빈 종이에 마음만 채웠습니다

그리움에 눈물이 앞을 가려
하고픈 말 모두 잊고
그리움의 고통으로
하얀 편지지에
눈물자국만 보냅니다

눈물 편지를 받은 당신 마음이
다칠까 예쁜 꽃잎도 함께
동봉합니다

주소는 보고 싶은 그대라 적었다가 지우고
사랑하는 그대라 적었습니다

애절한 마음으로 보낸 편지가
비구름이 없는 맑은 날
당신의 품으로 도착하겠거니
여기겠습니다

시인의 향기

꽃이 아름답고
향기가 강할지라도
내면이 썩기 시작한다면
꽃의 생명이 다한 것처럼

외면에 향기로 곱게 포장되어
내면에 자만심으로 가득 차 있다면
시인(詩人)의 향기는
이미 잃은 것이다

란(蘭)의 향기가 천 리를 간다 한들
시인의 향기는 만 리를 갈 것이니
그 향기는
후세에도 빛날 것이다

흑산도 등대

밤이면 찬 이슬
조용히 내려앉아
내 안에 슬픔을 머금고

갈매기의 외로운
날갯짓은
가는 님의 이별을 아는 듯
고독에 몸부림친다

선술집 기생의 젓가락 장단은
희로애락(喜怒哀樂)의
애환이 담겨 있듯
보내는 사람과
떠나가는 사람은
이별의 고통을 느끼며
쓰디쓴 술잔을 기울인다

항구를 떠나는
여객선의 기적 소리는
이별이 서러운 듯
가슴을 울리고

헤어지는 너의 뒷모습을
말없이 바라보는 난
언젠가 돌아올 너를 기다리며
오늘도
차가운 항구에 불빛만
밝힌다

우리 어머니

나를 위해 평생을 기도하는
그런 분이 계십니다
안부 전화를 드리면 오히려
내 걱정을 해주시는
아름다운 분이 계십니다

허리가 쑤시고 몸이 아파도
내가 걱정할까 봐 늘
안심시키는 그런 분이 계십니다
가난하고 배고프던 시절
자식들 배불리 먹이지 못하고
많이 가르치지 못한 당신이
죄인인 양 속죄하는 마음으로
살아가시는 분이 계십니다

맛난 거 드시게 하고 편하게 쉬시라고
집에다 모시면
아파트가 답답하다며
도망치듯 몰래 떠나시는 분이 계십니다

세상 사람들 모두에게는
사랑한다, 감사한다,
노래하면서
아직도 어머님 귓전에
사랑합니다, 고맙습니다,
말 한마디 못하는 벙어리 같은 자식이
숨 쉬고 있습니다

돌아가시면 내가 얼마나
후회의 눈물을 흘리려고 그러는지
그분은 바로 우리 어머니이십니다
평생을 내 곁에 있어 줄 것만 같은
우리 어머니
어느 날
소리소문없이 세상을 등지는 날
불효자는 죄인 된 몸으로
살아가야겠지요

어머니 내 어머니 오래오래
사세요
어머님을 떠나보내면 소자는
죄인으로 살아가야 하니까요,

창살 없는 감옥

어제 출소를 했는데
오늘 또 감옥으로 발걸음을
옮겨야 한다

비몽사몽 간에 일어나
허겁지겁 밥 한술 뜨고

교도소에서 제공한 버스에 몸을 싣고
감옥으로 향한다

이미 죄수용 버스에 몸을 실은
죄수들은 코를 살짝 골기도 하고
휴대폰을 만지작거린다

죄수들을 실은 버스는 교도소에 도착하고
죄수들은 각각 죄수복으로 갈아입고
배정된 감옥으로 향한다

배가 유난히 튀어나온 교도관은
오늘 훈련할 내용을 전달하고는
사라진다

죄수들에게 8시간의 훈련이 시작되며
훈련에 매우 힘들어하는 죄수가
있는가 하면 신바람이 나서
감옥 생활이 체질이라고 콧노래를
부르는 죄수도 있다

점심시간

허기진 죄수들을 두 줄로 세워놓고
밥을 배식해 준다

영양사 교도관은 어떤 죄수가
어떤 반찬을 많이 퍼 가는지에
관심이 집중이다

허둥대며 목구멍으로 밥을 퍼넣는
죄수들은 씹는지 삼키는지 구별도
못한 체 밥 한 그릇을 뚝딱 하고는
잠시 자유의 시간을 만끽한다

서서히 졸리기도 하고 피곤함에
지칠 때쯤 시간은 그래도 죄수들을
도우려는지 그렇게 흘러가고
죄수들은 8시간의 감옥 생활을
끝내고 출소를 한다

봄비와 그리움

오늘도 여전히 봄비는 내리고
활짝 핀 꽃잎이 빗방울에
상처를 입듯이

내 마음도 당신을 향한
그리움으로
얼룩져 상처를 입고
말았습니다

보내기 싫은 봄은 이미
저만치 지나고 있고
봄을 보내야 하는 이 마음은
사랑하는 님을 떠나 보내는
애절한 마음인 듯

한없이 한없이 외로움을
채울 길 없어 매일 밤이
당신을 향한 그리움으로
고통스럽습니다

봄꽃이 소리 없이 내 앞에
펼쳐지듯이
당신을 만날 수 있다는
희망을 품어봅니다

당신이 너무 보고 싶고
당신이 너무 그립습니다

편지

내 마음을 주고 싶은 것

그리고

너의 마음을 받고 싶은 것

동백꽃

외로움을 참지 못해
꽃으로 피었나

그리움을 간직한
붉은 입술이여

푸른 잎새 나 또한
너의 남자가 되어

한 세상 피고 지다
흙으로 돌아가리

모닝 커피

한 잔 커피에 위로와
달달한 향기로
내 목젖을 적셔주고
하루의 피로를 풀어주는
너의 이름은 모닝커피

아침 커피 한 잔으로
달달한 커피 맛에
느껴지는 너의 향기는
내가 사랑한 모닝커피

누군가 그리우면

마음이 슬픈 날에는
차라리 엉엉 울어버리세요
울고 나면 눈물이 말라
슬프지 않을 테니까요

마음이 그리운 날에는
그 사람 이름을 마음껏 불러보세요
그 사람 이름이 내 가슴속에 채워지면
더는 그립지 않을 테니

혹여,
그래도 누군가 그립거든
밤하늘의 별을 세보세요
쏟아지는 별빛이 가슴에 내리면
더는 그립지 않을 테니까요

나는 행복한 사람

안방 커턴 사이로
스며드는 아침 햇살이
따스하다 느낄 때
마주한 당신이 있어
행복합니다

오늘을 시작하고
나를 위해 밥을 짓는
당신이 있어 오늘 하루가
행복합니다

생명의 고귀함에
화초와 대화하고
음악을 친구 삼아
맑은 공기를 불어 넣는
당신이 있기에 오늘도
행복합니다

가족이란 울타리에서
늘 사랑과 배려 나눔의
정을 느끼며
세월을 돌아볼 줄 알게 한
당신이 있어 행복합니다

하루의 수고와 함께
보금자리를 찾을 때
두 손 마주 잡고
용기와 미소를 줄 때
당신의 향기를 느낄 수 있어
행복합니다

내일을 준비하고
이 밤을 맞이하며
“고맙습니다”
“사랑합니다”
달콤한 목소리
내 귓전에 들려줄 때

난 당신에게 포옹이란
선물을 하고
당신 덕분에 행복하다고
당신이 있기에 세상 살맛 난다고
꼭 말하고 싶습니다.

하얀 일기장

내 앞에 곱게 펼쳐진
하얀 일기장에 마음 한 자락
담아본다
빛과 희망을 담고
배려와 감사를 담는다

하얀 일기장에 추억을
한 아름 담아놓고
생각을 써내려가고
세월을 노래하고
인생을 노래하니

맛깔스레 담가진 양념처럼
인생의 희로애락을 담고
늙은 낙엽 한 장을 책갈피에
끼운다

가는 세월이 아쉬운 듯
하얀 일기장은 오늘도
신음을 토하고 세월의 옷을 입고
그렇게 비틀거린다

바람과 꽃과 구름의 만남…
사랑, 행복 그리고 이별…
그 속에서 하얀 일기장은
내일의 詩를 적는다

그리움 한 잔

천준집 시집

초판 1쇄 : 2017년 4월 24일
지 은 이 : 천준집
펴 낸 이 : 김락호
디자인 편집 : 이은희
기 획 : 시사랑음악사랑
인 쇄 : 청룡
연 락 처 : 1899-1341
홈페이지 주소 : www.poemmusic.net
E-Mail : poemarts@hanmail.net

정가 : 10,000원

ISBN : 979-11-86373-68-2